满腹经纶的少年

蒋诗琪 编

北方妇女儿童出版社
·长春·

图书在版编目（CIP）数据

做满腹经纶的少年 / 蒋诗琪编 . -- 长春 : 北方妇女儿童出版社 , 2025. 5. -- ISBN 978-7-5585-9401-4

Ⅰ . I207.22-49

中国国家版本馆 CIP 数据核字第 2025EV7553 号

做满腹经纶的少年

ZUO MANFUJINGLUN DE SHAONIAN

出 版 人　师晓晖
责任编辑　刘书吟
装帧设计　天下书装
开　　本　720mm × 1000mm　1/16
印　　张　8
字　　数　150 千字
版　　次　2025 年 5 月第 1 版
印　　次　2025 年 5 月第 1 次印刷
印　　刷　三河市南阳印刷有限公司
出　　版　北方妇女儿童出版社
发　　行　北方妇女儿童出版社
地　　址　长春市福祉大路 5788 号
电　　话　总编办：0431-81629600

定　　价　49.80 元

前 言

亲爱的同学们，在这个知识如繁星般璀璨、文化似繁花般绚烂的时代，你是否渴望成为一个腹有诗书、才华横溢的人呢？本书就像一把能帮你开启知识宝库的钥匙，将带你踏上一段奇妙的学习之旅。

书中藏着许多趣味十足又意义深远的故事。看，泡泡在文章创作中展现出独特的才华，用真情打动人心；洛洛在面对难题时，依靠勤勉读书找到解决办法。这些故事就像发生在我们身边，告诉我们才华、读书的重要性。

本书拥有许多亮点！每一个主题都通过四格漫画呈现，让你轻松理解其中的道理。此外，白话文和古诗文巧妙结合，当你看到“日子像疾风卷着白日，光影如流水般飞逝”，再对照“惊风飘白日，光景驰西流”，会惊叹古人与我们竟有如此相似的感受，中华文化真是博大精深。

同时，本书能帮你提升文学素养，积累丰富的词汇和优美的语句，让你在写作文时文思泉涌。书中还传递着诸多美好品质，如尽忠报国的爱国情怀、友谊长存的真挚情感、高尚情操的道德坚守等。这些品质是我们成长路上最宝贵的财富。

同学们，翻开这本书，就如同打开了一扇通往知识殿堂的大门。在这里，你不仅能收获知识，还能找到让自己变得更优秀的秘诀。愿你们都能在书中汲取养分，成为真正满腹经纶的少年，在未来的人生舞台上绽放光彩！

目 录

才华横溢 ………………………………………… 1
勤勉读书 ………………………………………… 13
日月如梭 ………………………………………… 26
妙笔生花 ………………………………………… 38
田园风光 ………………………………………… 46
深深祝福 ………………………………………… 60
欢度佳节 ………………………………………… 75
友谊长存 ………………………………………… 84
尽忠报国 ………………………………………… 96
高尚情操 ………………………………………… 110

才华横溢

场景分析：在创新时代，才华更显珍贵

时代在快速发展，虽然高效工具在处理基础任务时效率惊人，但这并未降低才华的价值，反倒令其越发珍贵。才华横溢者以灵动的思维与独特的创造力，突破了常规工具的刻板局限，创作出饱含情感、

富有深度的作品。这就好比虽然工业化批量生产画作盛行，画家的精心之作仍能让人感受到人性的温度与艺术的魅力。我们应追逐才华，发挥人类的才情与智慧，借助工具描绘美好未来。

从现代创作到古诗词：才华展现的跨越

当下，写作领域充满了多样的挑战与机遇。就像泡泡的老师所说，用模式化的写作方式创作的文章虽然工整规范，却缺失了情感的温度，而泡泡用真情与才华创作的作品才能脱颖而出。

回溯历史，古人虽未置身于如今复杂的写作环境，却也在诗词歌赋中尽情展现着他们的才情。古诗词是古人智慧的结晶，它们以其精妙的韵律、凝练的文字，生动地描绘出才华横溢的万千风貌。

当我们在传统写作与个性创作的碰撞中回味泡泡的胜利，再把目光投向古人对才华的诗意歌颂，会发现尽管年代跨度巨大，但我们对才华的崇尚始终一脉相承。接下来，让我们一同探寻白话文与古诗文对才华描述的奇妙对应，领略其中跨越时空的魅力。

白话文与古诗文：才华的今昔映照

当我们描述人才华横溢时，白话文可以直白地表达对才华的赞叹，古诗文则以凝练、优美的笔触展现才华的多样姿态，二者相映成趣。

白话文 所有人都惊叹于他的才华，好似目睹仙人挥笔。

古诗文 笔落惊风雨，诗成泣鬼神。

白话文 她是一位才情出众的女子，在众人中独领风骚。

古诗文 扫眉才子知多少，管领春风总不如。

白话文 你的文章浑然天成，如同自然馈赠的珍宝。

古诗文 文章本天成，妙手偶得之。

白话文 此人英勇豪迈，才华如星辰般夺目。

古诗文 裴生信英迈，屈起多才华。

白话文 他因卓越的才华声名远扬，美名传于四海。

古诗文 六国平来四海家，相君当代擅才华。

白话文 他凭自身才华赢得荣誉，光芒无限闪耀。

古诗文 岂关名利分荣路，自有才华作庆霄。

白话文 他才情冠绝当世，无人能与之比肩。

古诗文 复羡二龙去，才华冠世雄。

白话文 他的才华无人能及，独具特色，仿若夜空的孤星。

古诗文 白也诗无敌，飘然思不群。清新庾开府，俊逸鲍参军。

白话文 他的才华和学识极高，才高八斗，学富五车。

古诗文 才高八斗胜子建，学富五车如东坡。

白话文 天生有才，必有用处，即便千金散去，我也能从头再来。

古诗文 天生我材必有用，千金散尽还复来。

白话文 兴致高涨时，文采斐然，如神来之笔。

古诗文 兴酣落笔摇五岳，诗成笑傲凌沧洲。

白话文 书读得多了，写文章时便如有神助。

古诗文 读书破万卷，下笔如有神。

白话文 言语精妙，文章华丽。

古诗文 言语巧偷鹦鹉舌，文章分得凤凰毛。

白话文 此人气质高雅大方，才华远超常人。

古诗文 气质美如兰，才华馥比仙。

白话文 文章清新奇妙，风姿潇洒飘逸。

古诗文 云间贵公子，玉骨秀横秋。

白话文 胸中藏大才，才思更敏捷。

古诗文 贾生磊落美少年，才如羽箭乘风前。

白话文 他才情不凡，气质脱俗。

古诗文 公子才气饶，凌云自飘飘。

白话文 文章文采飞扬，情感充沛，气势磅礴。

古诗文 词源倒流三峡水，笔阵独扫千人军。

白话文 虽衣着普通，却因腹有才华而光彩照人。

古诗文 粗缯大布裹生涯，腹有诗书气自华。

白话文 为人谦逊有礼，精通才学。

古诗文 君子怀幽趣，谦恭礼乐才。

白话文 举止潇洒，才思敏捷。

古诗文 翩翩我公子，机巧忽若神。

白话文 才华超绝，未来必定能大展宏图。

古诗文 大鹏一日同风起，扶摇直上九万里。

诗韵赏析

白话文 无人能与他相提并论。

古诗文 出师一表真名世，千载谁堪伯仲间！

出　处 《书愤五首·其一》

作　者 陆游

经典原文

早岁那知世事艰，中原北望气如山。

楼船夜雪瓜洲渡，铁马秋风大散关。

塞上长城空自许，镜中衰鬓已先斑。

出师一表真名世，千载谁堪伯仲间！

诗词鉴赏

《书愤五首·其一》是陆游的名作，诗文饱含深情、韵味十足。全诗围绕“愤”字，可分为两部分。

在前半部分，写诗人年轻时志向远大，望着沦陷的中原，一心想收复失地，豪情壮志如巍峨的山峰。他亲赴抗金战场奋勇杀敌，至今回忆往昔仍热血沸腾。然而这位英雄无用武之地，本想全力报国，却遭奸臣排挤，多次被罢官。

在后半部分，诗人感慨时光飞逝，壮志难酬。往昔辉煌已经不再，如今诗人鬓发斑白，虽心系国家，却力不从心。他自比名将檀道济，渴望护国安邦，却失望落空，自觉如诸葛亮般有北伐之才却未能成功。诗中痛斥主降小人，抒发了诗人对国家的忠诚及对未来的期望。

整首诗感情深沉、气势雄浑，满含愤怒与无奈。正是这些真情实感，使其格外动人心弦。

白话文　幼年时便聪慧过人，读一遍书就能背诵。

古诗文　幼敏悟过人，读书辄成诵。

白话文　作品精妙绝伦，无人能及。

古诗文　文彩承殊渥，流传必绝伦。

白话文　文章精彩绝伦，如笔下生花。

古诗文　灵心圆映三江月，彩质叠成五色云。

白话文　历经岁月的洗礼，才华依旧璀璨夺目。

古诗文　李杜文章在，光焰万丈长。

白话文　你才华出众，容貌姣好。

古诗文　锦江滑腻蛾眉秀，幻出文君与薛涛。

白话文 才华横溢却不得志，品行高洁却少有人理解。

古诗文 才高心不展，道屈善无邻。

白话文 凭借才华，展现出后来者居上的潜力。

古诗文 桐花万里丹山路，雏凤清于老凤声。

白话文 年少时便展现出惊人的才华，日后必成大器。

古诗文 宣父犹能畏后生，丈夫未可轻年少。

白话文 这位才子才思敏捷，出口成章。

古诗文 敏捷诗千首，飘零酒一杯。

白话文 他在艺术领域尽显才华，成就非凡。

古诗文 江山代有才人出，各领风骚数百年。

白话文 他出口成章，才华尽显。

古诗文 酒发雄谈，剑增奇气，诗吐惊人语。

白话文 她的才华如同璀璨星辰，照亮文坛。

古诗文 星辰让光彩，风露发晶英。

白话文 他的作品因才华熠熠生辉，流传甚广。

古诗文 声名从此大，汩没一朝伸。

白话文 此人虽出身平凡，却难掩其卓越的才华。

古诗文 白屋可能无孺子，黄堂不是欠陈蕃。

白话文 她在艺术创作上才华横溢，偏偏命运不济。

古诗文 才自精明志自高，生于末世运偏消。

白话文 才气纵横，无与伦比。

古诗文 宣室求贤访逐臣，贾生才调更无伦。

白话文 团队因他们的才华而充满活力。

古诗文 群贤毕至，少长咸集。

白话文 他的才华别具一格，在人群中无比显眼。

古诗文 别裁伪体亲风雅，转益多师是汝师。

诗韵赏析

白话文 年少有才，前途一片光明。

古诗文 名高折桂方年少，心苦为文命未通。

出 处 《戏赠韩二秀才》

作 者 武元衡

经典原文

名高折桂方年少，心苦为文命未通。

闻说东堂今有待，飞鸣何处及春风。

诗词鉴赏

唐代诗人武元衡的《戏赠韩二秀才》以四句精练之语，道出了诗人对往昔未曾及第的无奈自嘲与对未来的期许。

前两句“名高折桂方年少，心苦为文命未通”描绘了诗人年轻时虽才华横溢，名声在外，却未能在科举中崭露头角，心中充满苦楚。“名高折桂”与“命未通”形成了鲜明的对比，凸显了诗人的无奈。

后两句“闻说东堂今有待，飞鸣何处及春风”则转向对未来的展望。“东堂”作为科举的象征，据说正等待着有才华的人。诗人借此表达了希望自己能如飞鸟般乘着春风，冲破困境，并得到认可的愿望。

全诗语言流畅，情感真挚，是诗人内心情感的深刻流露。

勤勉读书

▶▶ 场景分析：勤勉读书的坚守与升华

在信息爆炸的时代，电子设备让信息获取无比便捷，但这也导致知识“碎片化”。网络平台推送的信息大多都是投其所好，难以让人深度思考。勤勉读书则大不相同，通过翻开书籍逐字研读，我们可以按

勤勉读书战胜知识难题

照作者的思路，与伟大的思想交流碰撞，逐步搭建起稳固扎实的知识体系。因此学生应坚持勤勉读书，这既是在努力汲取知识，也是在浮躁时代沉淀自我的绝佳方式。

从传统学习到古诗词：勤勉读书的精神传承

如今，新的知识获取方式不断涌现，但很多时候，这些方式提供的知识往往浮于表面。当我们依赖快捷的途径“咀嚼”知识时，常常忽略了知识背后的深度与内涵。正如洛洛在攻克难题时，那些快捷途径无法给予他灵感与思路，最终他通过勤勉读书找到了答案。

在古代，没有便捷的电子设备，古人全凭对书籍的珍视与勤奋研读，才能在知识的道路上砥砺前行。古人以诗词为载体，传递着对读书的执着。在当下回味这些古诗词，我们会发现，尽管时代变迁，获取知识的方式大不相同，但勤勉读书、追求真知的精神始终一脉相承。接下来，让我们一同探寻白话文与古诗文对勤勉读书描述的异同，感受跨越时空的智慧交融。

白话文与古诗文：勤勉读书的今昔映照

在表达对勤勉读书的理解时，白话文直接点明读书需勤奋坚持、学以致用等要点，古诗文则以精妙的文字、优美的韵律，将勤勉读书的场景、心境与价值生动地展现出来。

白话文 书要多读，思考要深入，不要自满，要学以致用。

古诗文 读书患不多，思义患不明。患足已不学，既学患不行。

白话文 读书太过专注，竟到了忘记睡觉的地步。

古诗文 寒夜读书忘却眠，锦衾香烬炉无烟。

白话文 读书就像种地，勤劳懒惰只有自己知道。

古诗文 力学如力耕，勤惰尔自知。

白话文 学习需坚持不懈，才能有所成就。

古诗文 古人学问无遗力，少壮工夫老始成。

白话文 读书要认真，时光飞逝，转眼间年事已高。

古诗文 读书不放一字过，闭户忽惊双鬓秋。

白话文 读书时要珍惜时光，每分每秒都很宝贵。

古诗文 读书不觉已春深，一寸光阴一寸金。

白话文 学习要持续努力，一旦松懈就会退步。

古诗文 学如逆水行舟，不进则退。

白话文 青春一去不复返，要懂得珍惜时光。

古诗文 盛年不重来，一日难再晨。

白话文 想要成功就需勤奋努力。

古诗文 富贵必从勤苦得，男儿须读五车书。

白话文 从今天开始努力，不再等待。

古诗文 为君聊赋今日诗，努力请从今日始。

白话文 年少时多努力，莫在光阴中偷懒。

古诗文 少年辛苦终身事，莫向光阴惰寸功。

白话文 世事多变，书读得再多，遇事仍会觉得知识不够。

古诗文 物变极万殊，心通才一曲。读书谓已多，抚事知不足。

白话文 青春易逝，学习不易，要珍惜光阴。

古诗文 少年易老学难成，一寸光阴不可轻。

诗韵赏析

白话文 读书不能匆忙，需细细品味，乐趣无穷。

古诗文 读书切戒在慌忙，涵泳工夫兴味长。

出　处 《读书》

作　者 陆九渊

经典原文

读书切戒在慌忙，涵泳工夫兴味长。

未晓不妨权放过，切身须要急思量。

诗词鉴赏

这首诗的前两句提醒我们：读书时切忌急功近利，而应沉浸其中，享受“涵泳”的乐趣，即细细品味每一个字、每一句话，反复琢磨其

中的深意。

第三句诗则告诉我们：在阅读的过程中，若遇到难以理解的部分，不妨暂时放手，不必非要在当下寻求答案。

最后一句诗则强调：对于那些与个人成长息息相关的重要问题，我们必须给予充分的关注，深入思考，方能有所收获。

这首诗倡导的是一种从容不迫、注重效果的读书态度。它鼓励我们在享受阅读带来的愉悦时，也能够高效地吸收知识，从而推动我们个人的成长与进步。

白话文 莫急于求成，要耐心坚持，成功后自有人认可。

古诗文 时人不识凌云木，直待凌云始道高。

白话文 想要真正掌握知识，必须亲身实践。

古诗文 纸上得来终觉浅，绝知此事要躬行。

白话文 热爱读书，不必过分钻牛角尖。

古诗文 好读书，不求甚解。

白话文 只学习不思考会迷茫，只思考不学习也无益。

古诗文 学而不思则罔，思而不学则殆。

白话文 要让知识常新，就得不断学习。

古诗文 问渠那得清如许？为有源头活水来。

白话文 多读多想，才能领会书中蕴含的深意。

古诗文 旧书不厌百回读，熟读深思子自知。

白话文 要想学有所成，就得下苦功夫读书。

古诗文 学向勤中得，萤窗万卷书。

白话文 通过学习才能增长见识。

古诗文 人学始知道，不学非自然。

白话文 勤奋读书才能有所收获，不勤奋只能腹中空空。

古诗文 诗书勤乃有，不勤腹空虚。

白话文 读书既能带来快乐，也能陶冶情操。

古诗文 读书之乐乐陶陶，起弄明月霜天高。

白话文 多读书，多实践，才能增长见识。

古诗文 读万卷书，行万里路。

白话文 要传播思想，必先多读书。

古诗文 士欲宣其义，必先读其书。

白话文 书读得越久，越能体会其中的乐趣。

古诗文 读书之味，愈久愈深。

白话文 用到知识时才知储备少，经历过才懂事情难。

古诗文 书到用时方恨少，事非经过不知难。

白话文 读书能让人心灵纯净。

古诗文 眼前直下三千字，胸次全无一点尘。

白话文 学习除了要持之以恒，还要有坚定的志向。

古诗文 学之广在于不倦，不倦在于固志。

白话文 用书劝人，影响会更长久。

古诗文 一时劝人以口，百世劝人以书。

白话文 多读书，总会有所收获。

古诗文 但使书种多，会有岁稔时。

白话文 每天坚持读书，日积月累。

古诗文 积土成山，风雨兴焉；积水成渊，蛟龙生焉。

白话文 读书时要全神贯注，沉浸在知识的海洋中。

古诗文 两耳不闻窗外事，一心只读圣贤书。

白话文 书读得多了，自己也能吟诗作对。

古诗文 熟读唐诗三百首，不会作诗也会吟。

白话文 把读书当成一种乐趣，自然会发现其中的宝藏。

古诗文 书中自有黄金屋，书中自有颜如玉。

白话文 遇到不懂的知识，要反复思考，直到弄明白为止。

古诗文 业精于勤，荒于嬉；行成于思，毁于随。

白话文 读书的快乐，试过一次就停不下来。

古诗文 嗜书如嗜酒，知味乃笃好。

白话文 少年们应该学习古人，通过多读书来充实自己。

古诗文 古人已用三冬足，年少今开万卷余。

白话文 在宁静的环境中读书，更能体会到书中的精妙之处。

古诗文 此心安处是吾乡。

白话文 把读书当成每天必做之事，并做到持之以恒。

古诗文 一日不书，百事荒芜。

白话文 只要勤奋读书，知识就会不断积累。

古诗文 河海不择细流，故能就其深。

白话文 读书要趁早，青春时光最适合汲取新知识。

古诗文 青春须早为，岂能长少年。

白话文 在书中遨游，仿佛与古人对话，汲取古人的智慧。

古诗文 谈笑有鸿儒，往来无白丁。

白话文 坚持每天读书，能让自己不断进步。

古诗文 不积跬步，无以至千里；不积小流，无以成江海。

诗韵赏析

白话文 少年要勤奋读书，以实现自己的人生志向。

古诗文 男儿欲遂平生志，六经勤向窗前读。

出　处 《劝学诗》

作　者 赵恒

经典原文

富家不用买良田，书中自有千钟粟。

安居不用架高堂，书中自有黄金屋。

出门莫恨无人随，书中车马多如簇。

娶妻莫恨无良媒，书中自有颜如玉。

男儿欲遂平生志，六经勤向窗前读。

诗词鉴赏

这首诗以悠扬的韵律激发人们对学习的热情。尽管其中也提及了世俗对于功名富贵的向往，但那些生动的比喻至今依旧闪耀在我们的心间，引人深思。

这首诗告诉我们：读书的乐趣绝非局限于书本上的知识积累，更在于那份对知识无尽的热爱与不懈的追求。虽然功名利禄或许能短暂地激发我们的读书热情，但真正的阅读应当超越对物质的追求，用一颗高尚的心去寻找内心的宁静与成长。

君子读书不仅仅是为了个人素质的提升，更是为了以身作则，用所学知识去影响他人。修身养性的关键在于正心诚意，不沉溺于物质的享受，而是追求更高尚的人生目标。孔子曾说：“不了解天命，就称不上君子。”因此，真正的君子还需明白，世事无常，有时候刻意地追求未必能如愿以偿。唯有保持一颗高尚的心，去做正确的事，我们才能在人生的旅途中笑看风云，无悔过去，拥抱未来。

这首诗虽简短，但寓意深刻，它让我们在欣赏文字之美的同时，也深刻地领悟到了读书的真谛。

日月如梭

▶▶ 场景分析：在快节奏时代，珍惜每分每秒

各类先进设备和便捷程序的出现，让生活、学习、工作的效率大幅提升。虽然看似可利用的时间变“多”了，但在这便捷之中，人们常因忙碌忽视了时间的珍贵。比如有的同学借助日程管理软件制订学

习计划，一天课程上完后，他们却没学到多少知识。所以同学们要学会深度感知时间，珍惜每分每秒，不能因外界的高效就虚度光阴，要在快节奏中把握好自己的学习时光。

从社交媒体到古诗词：时间感悟的传承与升华

在社交媒体时代，学生的生活充斥着各类社交平台，时间在虚拟社交与现实学习间快速切换，很多学生陷入了时间管理的困境。

古诗词凝聚着古人对时间的深刻洞察，从“少壮不努力，老大徒伤悲”的劝诫，到“及时当勉励，岁月不待人”的催促，它们无一不在提醒人们珍惜时光。在社交媒体带来便捷与诱惑的当下，古诗词能让学生在浮躁中沉静下来，重新审视时间的价值。从社交媒体的热闹却易让人迷失，到古诗词的质朴且发人深省，对时间的感悟在时代更迭中传承升华。接下来，让我们一同走进白话文与古诗文对时间描述的世界中，体会古今对“日月如梭”的别样表达与共通情怀。

白话文与古诗文：时间表达的今昔对话

在描述时光飞逝、岁月匆匆时，白话文以直白的话语道出对时间的感慨，古诗文则用优美的韵律展现时间的变化，让我们一起深切体悟时间的宝贵与不可逆转。

白话文 日子像疾风卷着白日，光影如流水般飞逝。

古诗文 惊风飘白日，光景驰西流。

白话文 春天在不知不觉中度过，天晴时才发现夏天已深。

古诗文 连雨不知春去，一晴方觉夏深。

白话文 梦不论长短都是虚幻，年复一年，不知如今是何年。

古诗文 梦短梦长俱是梦，年来年去是何年。

白话文 时光不等任何人，转眼间头发已斑白。

古诗文 光景不待人，须臾发成丝。

白话文 因离别伤感，十年的情谊涌上心头。

古诗文 怨别自惊千里外，论交却忆十年时。

白话文 岁月匆匆，常去的地方不知还能去几回。

古诗文 岁月人间促，烟霞此地多。殷勤竹林寺，能得几回过。

白话文 时光飞逝，周遭的景色都变了样。

古诗文 去年战，桑干源，今年战，葱河道。

白话文　时光催人老，鬓角的头发已变白。

古诗文　岁月匆匆留不住，鬓已星星堪镊。

白话文　珍惜少年好时光，花该绽放就别犹豫。

古诗文　劝君莫惜金缕衣，劝君须惜少年时。
花开堪折直须折，莫待无花空折枝。

白话文　长亭边绿杨芳草，青春年少的时光不复返。

古诗文　绿杨芳草长亭路，年少抛人容易去。

白话文　时光像流水，日夜不停，一去不复返。

古诗文　逝者如斯夫，不舍昼夜。

白话文　人生像白马过缝隙，一眨眼就过去了。

古诗文　人生天地之间，若白驹之过隙，忽然而已。

白话文　抓紧时间努力，因为岁月不等人。

古诗文　及时当勉励，岁月不待人。

白话文　还没感受完春天，梧桐叶就已经开始变黄。

古诗文　未觉池塘春草梦，阶前梧叶已秋声。

诗韵赏析

白话文　日子一天天过去，过去的一切都物是人非。

古诗文　桃李春风一杯酒，江湖夜雨十年灯。

出　处　《寄黄几复》

作　者　黄庭坚

经典原文

我居北海君南海，寄雁传书谢不能。
桃李春风一杯酒，江湖夜雨十年灯。
持家但有四立壁，治病不蕲三折肱。
想见读书头已白，隔溪猿哭瘴溪藤。

诗词鉴赏

这首词首联起笔便突兀有力。“我居北海君南海”中的一“北”一“南”，海天浩渺，仿若拉开了思念的长卷，那遥远的距离已将思念与怅惘尽染。“寄雁传书谢不能”中的雁儿竟似有情有义，却谢绝传书，拟人之笔，情趣盎然。

颔联堪称绝妙。“桃李春风一杯酒，江湖夜雨十年灯”一句虽似寻常，组合之下意境顿生。“桃李”“春风”如春日盛景跃然眼前，与“一杯酒”相衬，昔日京城欢会之乐，挚友促膝之景，尽在其中。“江湖”“夜雨”“十年灯”则如寒夜悲歌，江湖漂泊之苦，十年相思之深，令人感同身受。

后四句刻画了黄几复。“持家但有四立壁，治病不蕲三折肱”，让黄几复的廉正与贤能尽显。家中唯有四壁，他一心扑在治国安邦上，空有才华却未得重用，不平之意暗涌。

尾联“想见读书头已白，隔溪猿哭瘴溪藤”，想象之中，白发苍苍的老友仍好学不倦，在那猿啼声中，读书声似隐若现，满是凄凉。与首句相呼应，思念之情如环无端。

全诗用词精练，意境深远，诗人以其独特的诗艺，于字里行间倾诉对友人的思念、赞赏与叹惋，令人读罢后沉浸在那无尽的诗意与深情之中。

白话文 再厚的钱包，也换不回逝去的光阴。

古诗文 一寸光阴一寸金，寸金难买寸光阴。

白话文 老了才惊觉光阴飞逝，但心境并未改变。

古诗文 老去光阴速可惊。鬓华虽改心无改，试把金觥。旧曲重听，犹似当年醉里声。

白话文 转眼间，已经多年没回家。

古诗文 十年旧梦无寻处，几度新春不在家。

白话文 要及时享乐，别总是等以后。

古诗文 为乐当及时，何能待来兹？

白话文 花能重开，但人不能再年轻了。

古诗文 花有重开日，人无再少年。

白话文 二十多年像梦一样，惊叹时光飞逝。

古诗文 二十余年如一梦，此身虽在堪惊。

白话文 又老了一岁，时间不等人哪！

古诗文 白发催年老，青阳逼岁除。

白话文 人易变老，要趁年轻多学习。

古诗文 花开有落时，人生容易老。

白话文 今天很珍贵，要今日事今日毕。

古诗文 今日复今日，今日何其少。

白话文 昨日之日不可留，莫让往事绊住前行的脚步。

古诗文 世人但知悔昨日，不觉今日又过了。

白话文 时光催人老，令人不禁伤感。

古诗文 时光只解催人老，不信多情，长恨离亭，泪滴春衫酒易醒。

白话文 时光如流水奔涌不息，昼夜更迭永不停歇。

古诗文 日月忽其不淹兮，春与秋其代序。

白话文 人老了还念着远方，空留惆怅。

古诗文 老去情怀，犹作天涯想。空惆怅。

白话文 习惯了四季变换，时间眨眼就过去了。

古诗文 白发渔樵江渚上，惯看秋月春风。

白话文 曾经的人不知去向，只留在回忆里。

古诗文 人面不知何处去，桃花依旧笑春风。

白话文 岁月悠悠流转，许多人和事都已变迁。

古诗文 沧海月明珠有泪，蓝田日暖玉生烟。
此情可待成追忆，只是当时已惘然。

白话文 小时候的时光仿佛就在昨天，如今却已老去。

古诗文 少小离家老大回，乡音无改鬓毛衰。

白话文 时光匆匆，美好的日子总是易逝。

古诗文 林花谢了春红，太匆匆。无奈朝来寒雨晚来风。

白话文 时光飞逝，记忆中的容颜已渐渐变得模糊。

古诗文 物是人非事事休，欲语泪先流。

白话文 小时候盼望长大，长大后却怀念儿时的时光。

古诗文 赌书消得泼茶香，当时只道是寻常。

白话文 时光飞逝的速度之快，让人感叹岁月匆匆。

古诗文 但见时光流似箭，岂知天道曲如弓。

白话文 随着时间的流逝，很多事情都已被遗忘。

古诗文 古今多少事，都付笑谈中。

白话文 岁月如梭，转眼已是经年。

古诗文 流光容易把人抛，红了樱桃，绿了芭蕉。

白话文 时光像离弦之箭，一去不复返。

古诗文 光阴似箭催人老。

白话文 只能在回忆中找寻，往昔的美好时光。

古诗文 忆昔午桥桥上饮，坐中多是豪英。长沟流月去无声。

诗韵赏析

白话文 这轮月亮还是去年的模样，只是身边少了那个共赏的人。

古诗文 同来望月人何处，风景依稀似去年。

出　处 《江楼感旧》

作　者 赵嘏

经典原文

独上江楼思渺然，月光如水水如天。

同来望月人何处，风景依稀似去年。

诗词鉴赏

这首诗宛如淡雅的水墨画，饱含对旧友旧事的深切怀恋。

“独上江楼思渺然”，一个“独”字凸显出诗人的寂寥，他在清冷的月夜独自登楼，“思渺然”将纷扰心绪如轻烟散开，其独倚沉思之态跃然纸上。

“月光如水水如天”，笔触一转，绘出空灵夜景。月光似柔波，江水如苍穹，叠字营造出袅袅音韵，静动相衬，如梦如幻。

后两句诗意骤转，“同来”与“独上”相呼应，往昔同游之乐与当下独处之悲交织。旧地重游，旧友已散，唯有风景依旧，怀念与怅惘萦绕心头，既深化了开篇的情思，也点明了江楼感旧的主旨。

全诗以景寄情，运笔巧妙，虚实相生，空灵悠远，余韵悠长，让人沉浸在诗意的幽境中。

妙笔生花

场景分析：文字艺术的时代交响

在科技盛行的当下，文字艺术依旧魅力非凡。尽管虚拟世界很吸引人，但凝聚创作者心血的文字更能直击灵魂、启迪心智。它无须炫目的视觉效果，仅凭细腻的笔触和无限想象的空间，就能带领大家突

妙笔绘梦，超越现实

破现实边界，感受生活的本真与情感的深度，让读者在字里行间产生强烈的情感共鸣，成为时代浪潮中不可替代的精神力量。

从模板写作到古诗词：妙笔传承，跨越时空的共鸣

在当今模板写作日益常见的时代，我们不难发现它的局限性。虽然模板写作能快速整合语句、构建框架，但缺乏人类独有的情感深度与对生活细致入微的观察。

反观古代诗词，虽历经千年，它们依旧散发着迷人的魅力。从现代模板写作与小悠的创作对比，再到对古人妙笔生花的古诗词的品味，我们可以清晰地看到，尽管时代变迁，创作手段也日新月异，但对用精妙文字传递情感、塑造世界的追求始终如一。接下来让我们一同来探寻白话文与古诗文对妙笔生花描述的奇妙对应，领略文字的永恒魅力。

白话文与古诗文：妙笔的今昔辉映

在描述文字的精妙时，白话文的表达通俗易懂，古诗文则以含蓄、凝练著称，让我们深刻地体会到诗人笔下文字的强大感染力与非凡魅力。

白话文 你的手似白茅芽，肌肤如凝脂。浅笑时酒窝动人，美目顾盼间灵动有神。

古诗文 手如柔荑，肤如凝脂，领如蝤蛴，齿如瓠犀，螓首蛾眉，巧笑倩兮，美目盼兮。

白话文 远远望去，你似太阳般耀眼；走近细瞧，又像荷花般清新。

古诗文 远而望之，皎若太阳升朝霞；迫而察之，灼若芙蕖出渌波。

白话文 你的面庞如桃花般娇艳，眉毛似柳叶般弯弯。

古诗文 依旧桃花面，频低柳叶眉。

白话文 你挥笔间能惊动风雨，诗作完成可令鬼神落泪，可谓才华卓绝。

古诗文 笔落惊风雨，诗成泣鬼神。

白话文 想到那位君子，温和得如同美玉。

古诗文 言念君子，温其如玉。

白话文 你在目光流转间光彩四溢，放声长啸时气息如兰般芬芳。

古诗文 顾盼遗光彩，长啸气若兰。

白话文 你容貌绝美，气质超凡，世间没有第二人能和你相比。

古诗文 郎艳独绝，世无其二。

白话文 你眉清目秀，一见便觉超凡脱俗。

古诗文 俊眼修眉，顾盼神飞，文彩精华，见之忘俗。

白话文 你站立时如芝兰玉树般挺拔，笑容似朗月照入心怀般温暖。

古诗文 立如芝兰玉树，笑如朗月入怀。

白话文 他写的故事，仿佛让人置身于奇幻的世界之中。

古诗文 思飘云物外，律中鬼神惊。

白话文 创作时的灵感和神韵，笔端仿佛有神相助。

古诗文 想当挥毫落纸时，笔端往往俱有神。

白话文 对情感的细腻描绘，在不经意间触动人心。

古诗文 随风潜入夜，润物细无声。

白话文 语言优美动人，如同一首优美的诗篇。

古诗文 清水出芙蓉，天然去雕饰。

白话文 深入浅出的好文章，值得人们细细品味。

古诗文 奇文共欣赏，疑义相与析。

白话文 他笔下的画面栩栩如生，仿佛景物就在眼前。

古诗文 诗中有画，画中有诗。

白话文 思绪纵横，创作时的灵感爆发。

古诗文 子诗得神助，逸思随纵横。

白话文 谁会怜惜我的才华，让我能够自由创作。

古诗文 谁怜五色江郎笔，真使超然赋远游。

白话文 文章用词精准恰当，恰到好处地凸显情感。

古诗文 为人性僻耽佳句，语不惊人死不休。

白话文 文章构思新颖独特，令人眼前一亮。

古诗文 删繁就简三秋树，领异标新二月花。

白话文 写作时挥笔如行云流水，写出的文章文采出众。

古诗文 脱帽露顶王公前，挥毫落纸如云烟。

白话文 通过文字或艺术创作，带来温暖和生机。

古诗文 坐令万物无恙疠，尽从笔底生春风。

白话文 将奇峰异景绘成美丽的图画，富有想象力和诗意。

古诗文 天然一管生花笔，写遍奇峰入画图项皺。

白话文 构思如神明般奇妙，能够变化无穷，写出精彩的作品。

古诗文 意匠如神变化生，笔端有力任纵横。

诗韵赏析

白话文 经霜的枫叶比二月的春花还要红。

古诗文 停车坐爱枫林晚，霜叶红于二月花。

出　处 《山行》

作　者 杜牧

经典原文

远上寒山石径斜，白云生处有人家。

停车坐爱枫林晚，霜叶红于二月花。

诗词鉴赏

在这首诗中，诗人将枫林作为画面的主角，精心绘制了一幅色彩斑斓、热烈奔放的山林秋色画卷。那条蜿蜒曲折的石头小路，引领着读者将目光放在遥远的秋山之巅，给予人们一个广阔的视角。小路的尽头则是白云缭绕、如梦似幻的仙境。这些白云并非虚幻缥缈，而是因为行人的足迹显得生机勃勃，使寒冷的山峦充满生机。“白云生处有

人家”一句，自然而然地融入这幅山水画卷之中。然而这一切铺垫只是为了后两句的惊艳亮相。诗人深情地告诉我们，他之所以在黄昏时分依然驻足山前，不舍离去，是因为眼前这片枫林如同燃烧的火焰，其美丽程度远超春日里盛开的鲜花。与远处若隐若现的白云和不一定能清晰看见的人家相比，这片枫林充满了生命的纯美与活力，仿佛大自然最真挚的馈赠，让人沉醉其中，流连忘返。

田园风光

场景分析：田园情怀在现代社会中的独特价值

如今虚拟技术能够模拟田园景观与生活场景，这些模拟画面看似精致，却缺失真实生活的质朴与温情。田园情怀饱含着我们对自然、土地的眷恋，因此在当下越发珍贵。它连接着人与自然、传统与现代，

田园情怀绘就独特风景

让我们找到心灵的栖息处，感受田园独有的宁静和美好。同学们要珍视田园情怀，别让虚拟世界替代了这份本真。

▸▸ 从传统创作到古诗词：田园情怀表达的跨越

在创作手段日益多元的今天，我们看到了新科技在艺术领域的强大力量，也更加深刻地认识到人类情感和情怀的不可替代性。就像糖心同学凭借对田园的深厚情感，创作出了独特的作品。

回顾历史，古人没有现代的创作技术，却用诗词歌赋将田园情怀表达得淋漓尽致。古诗词中的田园篇章如同一幅幅细腻的画卷，描绘出田园生活的宁静、美好与质朴。当我们在不同创作方式的对比中感受到田园情怀的力量时，再去品味古人对田园的诗意赞美，会发现尽管时代不同，但人类对田园的热爱和眷恋是相通的。接下来让我们一同走进白话文与古诗文对田园风光描述的奇妙世界，感受那份跨越时空的田园情怀。

▸▸ 白话文与古诗文：田园风光的今昔映照

在描述田园风光和田园生活时，白话文生动地展现出田园的日常景象和人们的生活状态；古诗文则以其独特的韵律和优美的文字，将田园生活的意境升华到了一个更高的维度。

白话文 农忙时节，全家人都奔赴田间，忙得热火朝天。

古诗文 农月无闲人，倾家事南亩。

白话文　暮色中，扛锄而归的农人相遇，热络地聊起家常。

古诗文　田夫荷锄至，相见语依依。

白话文　老人与孩童都怡然自得，生活满是悠然与惬意。

古诗文　黄发垂髫，并怡然自乐。

白话文　田野微风轻拂，稻苗随风摇曳，令人心生欢喜。

古诗文　平畴交远风，良苗亦怀新。

白话文　农民早出晚归，日复一日地辛勤劳作。

古诗文　晨兴理荒秽，带月荷锄归。

白话文　在盛夏的正午，农夫在田间挥汗如雨。

古诗文　锄禾日当午，汗滴禾下土。

白话文　田园生活尽显悠然闲适。

古诗文　方宅十余亩，草屋八九间。榆柳荫后檐，桃李罗堂前。

白话文 雨后初晴，田园风光尽显清新秀丽。

古诗文 郭门临渡头，村树连溪口。白水明田外，碧峰出山后。

白话文 山坡与原野绿意葱茏，稻田里水色天光相互辉映。

古诗文 绿遍山原白满川，子规声里雨如烟。

白话文 野草疯长，田里的禾苗显出一片颓势。

古诗文 种豆南山下，草盛豆苗稀。

白话文 村里的男女老少各自承担着家中事务。

古诗文 昼出耘田夜绩麻，村庄儿女各当家。

白话文 农家的孩童学着大人的模样种地。

古诗文 童孙未解供耕织，也傍桑阴学种瓜。

白话文 夏日悠长，田园里弥漫着宁静与惬意。

古诗文 日长篱落无人过，惟有蜻蜓蛱蝶飞。

白话文 大雨过后，高处的田地积满了水。农夫身披蓑衣，仍在田间辛勤耕种。

古诗文 雨足高田白，披蓑半夜耕。

诗韵赏析

白话文 五月的天气炎热，缫车发出声响，热风与这声响交织在一起。

古诗文 五月虽热麦风清，檐头索索缫车鸣。

出　处 《田家行》

作　者 王建

经典原文

男声欣欣女颜悦，人家不怨言语别。
五月虽热麦风清，檐头索索缫车鸣。
野蚕作茧人不取，叶间扑扑秋蛾生。
麦收上场绢在轴，的知输得官家足。
不望入口复上身，且免向城卖黄犊。
回家衣食无厚薄，不见县门身即乐。

诗词鉴赏

仲夏的阳光下，大地满是丰收景象。金黄的麦田摇曳，送来清凉的麦风，给劳作的农民带来慰藉。屋檐下的缫车声宛如田园乐章，勾勒出农村丰收的画面。然而在这丰收背后，农民的辛苦所得大多被官府征收，他们只求免受盘剥，过上安稳的日子。诗人以细腻的笔触展现出农民的辛勤与无奈。这既是一幅农村丰收图，也是一首为农民发声的悲歌。

白话文 夕阳的余晖洒落在村庄，牛羊慢悠悠地朝着家的方向归来。

古诗文 斜阳照墟落，穷巷牛羊归。

白话文　野蚕结的茧无人采摘，秋蛾从茧中飞出。

古诗文　野蚕作茧人不取，叶间扑扑秋蛾生。

白话文　清明时节，村里的家家户户都延迟生火的时间。

古诗文　田舍清明日，家家出火迟。

白话文　人们手持斧头，去砍伐长得过高的树枝；扛起锄头，探寻地下泉水的脉络。

古诗文　持斧伐远扬，荷锄觇泉脉。

白话文　牛羊悠然自得地回到村巷，孩童们天真无邪，不认识达官显贵。

古诗文　牛羊自归村巷，童稚不识衣冠。

白话文　傍晚时分，炊烟袅袅升起，牧童从幽深的山坞中走出。

古诗文　暧暧村烟暮，牧童出深坞。

白话文 稻田里，稻叶整齐排列，在阳光的照耀下，树叶洒下斑驳的光影。

古诗文 水满田畴稻叶齐，日光穿树晓烟低。

白话文 布谷鸟欢快地鸣叫，稻花的香气弥漫在空气中，令人陶醉。

古诗文 村北村南布谷忙，村前村后稻花香。

白话文 八月收获红枣，十月收割稻谷，各项农活儿有序地进行着。

古诗文 八月剥枣，十月获稻。

白话文 人们酿造出香醇的春酒，以此祝愿大家健康长寿。

古诗文 为此春酒，以介眉寿。

白话文 春日的太阳照耀着大地，呈现出一幅美丽的春日景象。

古诗文 迟日江山丽，春风花草香。泥融飞燕子，沙暖睡鸳鸯。

白话文 大家携手来到农家，田园相聚时满是欢乐。

古诗文 相携及田家，童稚开荆扉。

白话文 村子里的生活闲适又自在。

古诗文 老妻画纸为棋局，稚子敲针作钓钩。

白话文 唯有明月洒下的银辉静静地陪伴着我。

古诗文 深林人不知，明月来相照。

白话文 月光洒落在松林间，泉水潺潺流淌，夜晚静谧安宁。

古诗文 明月松间照，清泉石上流。

白话文 九月，人们忙着修筑打谷场；十月，将收获的粮食收割归仓。

古诗文 九月筑场圃，十月纳禾稼。

白话文 阳春三月，养蚕的农事即将开始。

古诗文 蚕生春三月，春桑正含绿。

白话文 水乡田园的景色美不胜收，令人心旷神怡。

古诗文 菱荇鹅儿水，桑榆燕子梁。

白话文 山涧寂静无人，花儿自在地开放。

古诗文 木末芙蓉花，山中发红萼。涧户寂无人，纷纷开且落。

白话文 稻花飘香，浓郁的香气仿佛弥漫到十里之外。

古诗文 一畦春韭绿，十里稻花香。

白话文 夏夜，在阵阵稻花香里，人们谈论着丰收的年景。

古诗文 稻花香里说丰年，听取蛙声一片。

白话文 在田园里采摘，惬意地看着美景。

古诗文 采菊东篱下，悠然见南山。

白话文 为春耕家人送饭的情景充满了浓郁的生活气息。

古诗文 西崦人家应最乐，煮芹烧笋饷春耕。

白话文 田园里的小溪清澈见底，鱼儿在水中自由自在地游着。

古诗文 泉眼无声惜细流，树阴照水爱晴柔。

白话文 秋天的田园呈现出一片丰收的景象。

古诗文 喜看稻菽千重浪，遍地英雄下夕烟。

白话文 村庄农舍宁静的生活，充满生活气息。

古诗文 暧暧远人村，依依墟里烟。

白话文 春天，田园里百花盛开，五彩斑斓。

古诗文 等闲识得东风面，万紫千红总是春。

白话文 田园中，儿童欢快地追着蝴蝶跑。

古诗文 儿童急走追黄蝶，飞入菜花无处寻。

白话文 梅雨季节，到处都能听到阵阵蛙鸣。

古诗文 黄梅时节家家雨，青草池塘处处蛙。

白话文 秋天，柿子树挂满了果实。

古诗文 晓连星影出，晚带日光悬。

白话文 田园中，花儿在风中轻轻摇曳。

古诗文 绿蔓如藤不用栽，淡青花绕竹篱开。

白话文 田园的溪边，柳树垂下细长的枝条。

古诗文 碧玉妆成一树高，万条垂下绿丝绦。

白话文 午后的田园一片静谧，只有蝉鸣在空气中回响。

古诗文 居高声自远，非是藉秋风。

白话文 春天，田园里的麦苗绿油油的，充满了生机。

古诗文 春田龟坼苗不滋，犹赖立春三日雪。

白话文 夏日的池塘里，荷花亭亭玉立。

古诗文 接天莲叶无穷碧，映日荷花别样红。

诗韵赏析

白话文 这幅稻田春浪的美景，让人满心欢喜。

古诗文 绿波春浪满前陂，极目连云罢亚肥。

出　处 《稻田》

作　者 韦庄

经典原文

绿波春浪满前陂，极目连云罢亚肥。

更被鹭鹚千点雪，破烟来入画屏飞。

诗词鉴赏

这首写景小诗以独特的笔触描绘江南水田的风光，从侧面反映社会现实，也流露出诗人的愉悦。“诗中有画”，近景春浪池塘与肥田绿

意盎然，远景蓝天、云烟、白鹭相映成趣。“极目”使绿水稻田相连，画面开阔；“飞”字让池塘与白鹭联系起来，静态水田与动态白鹭相互映衬，清水稻田的静谧因白鹭的“飞”而充满生机。诗中色彩绚丽，绿波与白鹭的影子交织，构成绝美的画卷。短短四句，巧妙组合近景、远景、静态、动态，意境深邃，勾勒出一幅优美且富有韵味的水田风光图。

深深祝福

▶▶ 场景分析：手写祝福的真挚情感

网络上有大量精美的祝福语，它们虽言辞优美，却缺少真心实意。在送祝福时，亲手写下饱含回忆与期待的话，更能打动人心。同学们，给亲友送祝福时，要融入个人情感，让祝福成为连接心灵的纽带，将

真挚手写祝福，传递心间温暖

温暖与爱传递出去，让对方感受到满满的爱意。

从网络祝福到古诗词：祝福表达的传承

在信息发达的今天，我们在祝福的表达上有了更多的选择，但也面临着情感真挚度的挑战。就像小阳和妈妈的经历，网络虽能快速提供一段祝福语，却无法替代他们亲手写下的饱含深情的话语。

回顾往昔岁月，古人以细腻笔触与真挚情怀为笔，将心底的美好祈愿悄然融入诗词的字里行间。古诗词中的祝福，或豪放洒脱，或细腻温婉，都充满了对亲友的真挚情感。当我们在网络祝福与亲手书写的祝福之间做出选择，再品味古人诗词中那些美好祝愿时，会发现不管时代如何变迁，人们对真挚祝福的追求从未变过。接下来让我们一起走进白话文与古诗文对祝福描述的世界，感受其中蕴含的深厚情感和文化传承。

白话文与古诗文：祝福的今昔交融

在表达深深的祝福时，白话文以通俗易懂的语言传达我们内心的美好祝愿，古诗文则凭借其独特的韵味和文化内涵，将祝福描绘得更加动人。

白话文 你历经重重磨砺，未来肯定能收获成功的果实。

古诗文 千淘万漉虽辛苦，吹尽狂沙始到金。

白话文 祝你一路顺遂无忧，事业如繁花般绽放。

古诗文 春风得意马蹄疾，一日看尽长安花。

白话文 望你潇洒奔赴，开启全新的人生旅程。

古诗文 昔日龌龊不足夸，今朝放荡思无涯。

白话文 盼你熬过漫长苦读，一朝成名，惊艳众人。

古诗文 十年寒窗无人问，一举成名天下知。

白话文 祝愿对方拥有远大前程，在广阔天地中自由翱翔。

古诗文 希君生羽翼，一化北溟鱼。

白话文 愿你勇攀高峰，在未来的道路上成就非凡。

古诗文 会当凌绝顶，一览众山小。

白话文 祝你学业一路通畅，驶向成功彼岸。

古诗文 长风破浪会有时，直挂云帆济沧海。

白话文 愿你拥有广阔天地，尽情施展才华。

古诗文 海阔凭鱼跃，天高任鸟飞。

白话文 祝你事业顺遂，节节高升。

古诗文 大鹏一日同风起，扶摇直上九万里。

白话文 你志向高远，未来充满无限可能，令人期待。

古诗文 九万里风鹏正举。风休住，蓬舟吹取三山去！

白话文 愿你健康长寿，常绽笑颜，尽享美好生活。

古诗文 从今把定春风笑，且作人间长寿仙。

白话文 祝你们夫妻恩爱，相伴一生，家庭幸福美满。

古诗文 在天愿作比翼鸟，在地愿为连理枝。

白话文 愿你一生平安喜乐，岁岁都有美好的事物相伴。

古诗文 愿君千万岁，无岁不逢春。

白话文 祝你们夫妻和睦，百年好合，恩爱永恒。

古诗文 鸳鸯交颈期千岁，琴瑟谐和愿百年。

白话文 祝你身体健康，容光焕发，活力满满。

古诗文 寿远眉毫秀，身康鬓雪稀。

白话文 祝愿对方年龄增长但容颜不老，岁岁都能保持不变的容颜。

古诗文 祝公齿发老复少，岁岁不改冰霜颜。

白话文 祝你青春永驻，容颜娇美，岁月不败美人。

古诗文 岁岁春无事，相逢总玉颜。

白话文 愿你早日与亲朋好友相聚，共享团圆时光。

古诗文 但愿人长久，千里共婵娟。

白话文 希望你茁壮成长，如大树般挺拔，成为社会栋梁。

古诗文 愿君移向长林间，他日将来作梁栋。

白话文 愿你们感情深厚，彼此信任，恩爱如初。

古诗文 结发为夫妻，恩爱两不疑。

白话文 愿你在未来的日子里，财富与幸运常伴左右。

古诗文 富贵荣华谁得似，祝公千岁乐逍遥。

诗韵赏析

白话文 希望两人如同星月相伴，美好永恒。

古诗文 愿我如星君如月，夜夜流光相皎洁。

出　处 《车遥遥篇》

作　者 范成大

经典原文

车遥遥，马憧憧。君游东山东复东，安得奋飞逐西风。

愿我如星君如月，夜夜流光相皎洁。月暂晦，星常明。留明待月复，三五共盈盈。

诗词鉴赏

这是一首描绘相思之苦的杂言乐府诗。开篇以车马远行起兴，渲染出离别时的无奈与痛苦。随后，诗人倾诉对远行爱人的无尽思念，一心只想回到爱人身边。

“愿我如星君如月，夜夜流光相皎洁”一句笔锋突变，用星月交辉比喻两人灵魂深处永恒的爱恋，纯净又炽热。随后，借月亮的阴晴圆缺暗示爱情难免会遭遇波折。虽然世事无常，这份爱却在一次次聚散中越发坚定，诗人对未来始终充满憧憬。

结尾处，诗人描绘出相聚的美好画面，历经风雨的爱情将更加璀璨。全诗展现了相思虽苦，却蕴含着甜蜜爱情能战胜一切艰难的哲理。整首诗情感真挚，语言优美，层次分明，深刻地揭示了恋人相思的复杂滋味，让人感受到了爱情跨越时空的魅力。

白话文　祝你福泽深厚，寿比南山，如神仙般自在。

古诗文　蟠桃花发一千年。祝长寿、比神仙。

白话文　十年苦读换来大展宏图的机会。

古诗文　一举首登龙虎榜，十年身到凤凰池。

白话文　愿你一切安好，生活平安顺遂。

古诗文　彩笔题桐叶，佳句问平安。

白话文　向牵挂之人传递关怀。

古诗文　愿身能似月亭亭，千里伴君行。

白话文　愿你每日都平安，生活满是安宁。

古诗文　朝寄平安语，暮寄相思字。

白话文　愿你快乐常随，生活安稳，幸福无边。

古诗文　浅予深深，长乐未央。

白话文 你的未来广阔无垠，大胆追逐梦想。

古诗文 抬眸四顾乾坤阔，日月星辰任我攀。

白话文 祝你考试或事业成功，迈向人生的辉煌。

古诗文 明年此日青云去，却笑人间举子忙。

白话文 你的未来美好无限，前程似锦。

古诗文 纵有千古，横有八荒。前途似海，来日方长。

白话文 你定会取得巨大成功，惊艳四方。

古诗文 桃花直透三层浪，桂子高攀第一枝。

白话文 愿你事业有成，尽显才华，令人敬仰。

古诗文 翰墨文章独步，富贵功名余事，当代仰风流。

白话文 祝你平安顺遂，事事皆能如愿。

古诗文 顺遂无虞，皆得所愿。

白话文 你绝非平凡之人，未来必能大展宏图。

古诗文 我觉君非池中物，咫尺蛟龙云雨。

白话文 保持积极的心态，每天都是美好的日子。

古诗文 时时是好时，日日是好日。

白话文 祝你一举成名，从此平步青云，迈向巅峰。

古诗文 一鸣从此始，相望青云端。

白话文 希望从现在起，你的日子越过越好，健康快乐。

古诗文 从今诸事愿、胜如旧。人生强健，喜一年入手。

白话文 愿你永远快乐，生活如在天上人间般美妙。

古诗文 愿天上人间，占得欢娱，年年今夜。

白话文 希望你一直保持这般美好，年年都有新气象。

古诗文 愿得长如此，年年物候新。

白话文 祝你能在未来的日子里收获满满的幸福与甜蜜。

古诗文 愿得一心人，白头不相离。

白话文 愿你在追求梦想的道路上一路向前。

古诗文 骁腾有如此，万里可横行。

白话文 希望你往后的生活充满阳光与欢笑。

古诗文 但愿身老健，长与花继期。

白话文 祝你在新春之后好事连连，每天都充满惊喜。

古诗文 愿新春以后，吉吉利利。百事都如意。

白话文 愿你永远保持乐观豁达，笑对生活。

古诗文 人生自在常如此，何事能妨笑口开？

白话文 愿你在岁月流转中，容颜永驻，青春常在。

古诗文 如花似叶，岁岁年年，共占春风。

白话文 祝你身体健康，活力满满，无病无灾。

古诗文 年年约，常相见。但无事，身强健。

白话文 祝愿对方身体健康，每天都是欢乐时光。

古诗文 愿尔康强好眠食，百年欢乐未渠央。

白话文 愿你往后的生活，每一天都过得惬意悠然。

古诗文 绿蚁新醅酒，红泥小火炉。晚来天欲雪，能饮一杯无？

白话文 愿你在人生旅途中顺遂如意。

古诗文 已饶瑞荚明朝满，先借清蟾一夜圆。

白话文 希望你能实现自己的远大抱负，在人生舞台上大放异彩。

古诗文 会挽雕弓如满月，西北望，射天狼。

白话文 祝福参加考试之人能高中榜首，收获成功。

古诗文 金榜高悬姓字真，分明折得一枝春。

白话文 希望你往后的生活，每天都充满诗意与惊喜，浪漫常伴。

古诗文 从今若许闲乘月，拄杖无时夜叩门。

白话文 希望你能永远保持一颗纯真善良的心，被岁月温柔以待。

古诗文 愿君保此节，天意当察微。

白话文 表达女子对丈夫的美好祝愿，夫妻二人长相厮守。

古诗文 再拜陈三愿：一愿郎君千岁，二愿妾身常健，三愿如同梁上燕，岁岁长相见。

白话文 表达对人福寿延绵的美好祝愿。

古诗文 如月之恒，如日之升。如南山之寿，不骞不崩。如松柏之茂，无不尔或承。

白话文 只希望明年大家都能身体健康，对众人身体健康的祝愿。

古诗文 从教一岁大家添，但只要、明年强健。

诗韵赏析

白话文 祝愿你明年时运更佳，生活满是美好。

古诗文 更祝明朝风日好，梅花满眼踏新年。

出　处 《除夜次唐诗韵》

作　者 吴与弼

经典原文

银灯守岁未应眠，一听阳春自洒然。

更祝明朝风日好，梅花满眼踏新年。

诗词鉴赏

守岁之夜本就是洋溢着欢声笑语的美好时光。诗人在灯火的映照下，那份坚持更是将迎接新年的喜悦之情推向高潮。灯光不仅照亮了周遭的空间，也打开了诗人内心深处的梦幻之门，使其完全沉浸在对新年无尽的美好遐想之中。诗人的心灵被愉悦与兴奋紧紧包裹，这份情感如同涓涓细流，悄然渗透进每一个读者的心田，让我们也不禁被诗人那积极向上、充满希望的生活态度所感染。

银灯之下，诗人坚定地守岁，毫无倦意。这不仅仅是对时间更替的简单期待，更是其内心深处对未来美好生活的深切向往与憧憬。他渴望在新的一年里能够拥有全新的起点，收获满满的幸福与成就，让生命的画卷更加绚烂多彩。

欢度佳节

▸▸ 场景分析：传统佳节在现代生活中的意义

现代的科技飞速发展，人们的生活节奏变快，但传统佳节的魅力不减。在端午节，虽然人们购买粽子很方便，但很多家庭仍坚持亲手包粽子。一家人围坐在一起，边包粽子边聊天儿，将亲情与祝福都包

传统佳节中的温馨故事

进粽子里。传统佳节蕴含着中华民族的文化和记忆，是连接过去、现在、未来的情感纽带，它丰富了我们的精神世界，让忙碌的我们找到归属感。

从现代佳节体验到古诗词：情感与文化的传承

在现代社会中，我们以自己独特的方式欢度传统佳节，就像小乐一家，感受着节日带来的欢乐与温暖。但别以为古人过节的方式很单调，他们也有丰富多彩的庆祝活动。古人把对节日的喜爱、对生活的感受以及对亲人朋友的思念，都写进了优美的古诗词里。比如元宵节赏灯时，古人写道："火树银花合，星桥铁锁开。"这两句诗把古代元宵节灯火辉煌、人来人往的热闹场景描写得栩栩如生。虽然时代变了，但人们对传统佳节的珍视、对亲情友情的看重以及对美好生活的向往一直都没变。接下来让我们一起寻找白话文和古诗文描写传统佳节的相同点和不同点，感受穿越时空的文化魅力和情感共鸣！

白话文与古诗文：描述传统佳节的异同

白话文对传统佳节的描述简洁直白、通俗易懂，能够清晰地表达在节日中的所见所闻、所感所想；古诗文则以其独特的韵律、丰富的意象和凝练的语言，从更深层次展现传统佳节的韵味和内涵。

白话文 元宵节，灯火绚烂夺目，人潮涌动。

古诗文 火树银花合，星桥铁锁开。暗尘随马去，明月逐人来。

白话文 在重阳节，思念远方的亲人。

古诗文 遥知兄弟登高处，遍插茱萸少一人。

白话文 在元宵佳节，一同欣赏绚丽的花灯。

古诗文 去年元夜时，花市灯如昼。

白话文 在元宵节观灯，热闹非凡，还有偶遇的惊喜。

古诗文 众里寻他千百度。蓦然回首，那人却在，灯火阑珊处。

白话文 和爱人相伴度过美好的七夕节。

古诗文 七夕今宵看碧霄，牵牛织女渡河桥。

白话文 希望每年中秋节都能见到这般美好的月亮。

古诗文 好时节，愿得年年，常见中秋月。

白话文 愿月光流转，照亮你前行的路。

古诗文 此时相望不相闻，愿逐月华流照君。

白话文 愿你在新的一年万事更称心。

古诗文 旧岁千般皆如意，新年万事定称心。

白话文 新春佳节，处处春意盎然。

古诗文 天地风霜尽，乾坤气象和。历添新岁月，春满旧山河。

白话文 除夕辞旧迎新，迎接新春的到来。

古诗文 愁到晓鸡声绝后，又将憔悴见春风。

白话文 元宵节热闹非凡，灯火通明，人们纷纷前来观看。

古诗文 谁家见月能闲坐？何处闻灯不看来？

白话文 天快亮了，下次相会要等一年之后。

古诗文 铜壶漏报天将晓，惆怅佳期又一年。

白话文 孩子们强撑着不睡，欢笑着守岁。

古诗文 儿童强不睡，相守夜欢哗。

白话文　告别旧岁，迎接新的一年。

古诗文　共欢新故岁，迎送一宵中。

白话文　元宵节，一家人欢乐相聚。

古诗文　不展芳尊开口笑，如何消得此良辰。

白话文　旧的一年走到尽头，新的一年即将开启。

古诗文　岁阴穷暮纪，献节启新芳。

白话文　告别残冬，迎接新春的到来。

古诗文　万物迎春送残腊，一年结局在今宵。

白话文　春风送暖，在爆竹声中，旧年离去，举杯迎接新年。

古诗文　爆竹声中一岁除，春风送暖入屠苏。

白话文　在腊日节时，冰雪全都融化了。

古诗文　腊日常年暖尚遥，今年腊日冻全消。

白话文 在中秋之夜，月光被云遮掩，很少能看到这样的美景。

古诗文 暮云收尽溢清寒，银汉无声转玉盘。

白话文 在端午节，人们包粽子、赛龙舟。

古诗文 不效艾符趋习俗，但祈蒲酒话升平。

白话文 在元宵节，女人们穿着盛装，孩子们在街头欢快地奔跑，充满童真童趣。

古诗文 袨服华妆着处逢，六街灯火闹儿童。

白话文 每逢节日会加倍思念亲人。

古诗文 独在异乡为异客，每逢佳节倍思亲。

白话文 在七夕节，情侣们互诉衷肠，许下美好的誓言。

古诗文 两情若是久长时，又岂在朝朝暮暮。

白话文 在春节，孩童们欢天喜地地放鞭炮。

古诗文 儿童却立避其锋，当阶击地雷霆吼。

白话文 在端午节，江上龙舟飞驰而过。

古诗文 鼓声三下红旗开，两龙跃出浮水来。

白话文 在元宵节，五彩的花灯如梦如幻。

古诗文 接汉疑星落，依楼似月悬。

白话文 在重阳节登上高山，满目皆是秋天的美景。

古诗文 江涵秋影雁初飞，与客携壶上翠微。

白话文 在中秋节，明月洒下银白的光辉。

古诗文 一轮秋影转金波，飞镜又重磨。

白话文 在清明节，细雨绵绵下不停，路上的行人失魂落魄地走着。

古诗文 清明时节雨纷纷，路上行人欲断魂。

白话文 在腊八节，一家人围坐在一起，喝着香甜的腊八粥。

古诗文 今朝佛粥更相馈，反觉江村节物新。

白话文 新年已至，思乡之情愈发深切，独自潸然泪下。

古诗文 乡心新岁切，天畔独潸然。

诗韵赏析

白话文 中秋佳节，却无法与家人团圆。

古诗文 中秋谁与共孤光。把盏凄然北望。

出　处 《西江月·世事一场大梦》

作　者 苏轼

经典原文

世事一场大梦，人生几度秋凉？
夜来风叶已鸣廊。看取眉头鬓上。
酒贱常愁客少，月明多被云妨。
中秋谁与共孤光。把盏凄然北望。

诗词鉴赏

这首词深切地表达了苏轼在被贬谪时的苦闷心情，透着一种低沉哀伤的心绪。上阕借景抒情，借秋风、落叶诉说时光无情与壮志未酬。下阕则抒发对世道险恶的悲愤和人生寂寥的悲凉。全词巧妙地融合景物与情感，借秋风落叶、孤月等，将节令变化和个人身世、内心悲情相连，由秋日思绪引发对人生的思考，真挚动人，令人回味。

友谊长存

场景分析：在快节奏的时代，友谊更显珍贵

聊天儿软件让同学们与朋友的交流格外便捷，信息在眨眼间便能传递。但视频通话即便能让我们看见对方的面容，却缺少了面对面相处时的真实触摸与温度。一封从远方寄来的信件带着朋友独有的气息，

反而更能让我们深切感受到友谊的厚重。因此，大家要珍惜那些能让友谊升温的特别时刻，让情感像美酒一样越陈越香，让友谊变得越发珍贵。

从社交软件到古诗词：友谊表达的跨越

在如今这个通信便捷的时代，林林和轩轩依靠社交软件保持联系，分享彼此生活中的点滴。回想古时候，诗人们没有先进的通信工具，只能凭借笔墨和书信来传递对友人的思念。“海内存知己，天涯若比邻”，即便相隔天涯，只要心灵相通，也仿佛近在身边。当林林和轩轩体会到信件与古诗带来的独特情感冲击，再品味古人对友谊的诗意表达时，发现虽然时代在变化，但友谊的真挚与深沉从未改变。接下来让我们一同探寻白话文与古诗文对友谊描述的奇妙对应，感受跨越时空的魅力。

白话文与古诗文：友谊的今昔映照

在表达友谊长存时，白话文用通俗易懂的话语直白地倾诉对友情的珍视，而古诗文则以凝练的文字、优美的韵律，展现出友谊的深刻内涵。让我们在古今对照中，更深刻地领略友谊的珍贵与美好。

白话文 月光轻洒，那是友人温柔的关怀，一路伴在你的身旁。

古诗文 我寄愁心与明月，随君直到夜郎西。

白话文　知心挚友，心相近，距离便不再遥远。

古诗文　相知无远近，万里尚为邻。

白话文　与友人分别，心中满是惆怅。

古诗文　浮云游子意，落日故人情。

白话文　请遥寄我对友人深深的思念与情谊。

古诗文　江南无所有，聊赠一枝春。

白话文　历经沧桑，与好友重逢，满心皆是喜悦与感慨。

古诗文　正是江南好风景，落花时节又逢君。

白话文　远方的你，何时才能归来?

古诗文　春草明年绿，王孙归不归?

白话文　有朋友从远方赶来，心中满是欢喜。

古诗文　有朋自远方来，不亦乐乎?

白话文 虽分处两地，但友谊并不受任何影响。

古诗文 青山一道同云雨，明月何曾是两乡。

白话文 在相逢的瞬间，便结下深厚的情谊。

古诗文 同是天涯沦落人，相逢何必曾相识。

白话文 知心的朋友胜似骨肉血亲。

古诗文 结交在相知，骨肉何必亲。

白话文 与友相逢，定要畅饮，不醉不归。

古诗文 一生大笑能几回，斗酒相逢须醉倒。

白话文 虽然友情历经风雨，却始终相伴。

古诗文 肝胆一古剑，波涛两浮萍。

白话文 我独留人间，沉痛悼念故人。

古诗文 君埋泉下泥销骨，我寄人间雪满头。

白话文 我格外珍惜与你的深情厚谊。

古诗文 十觞亦不醉，感子故意长。

白话文 唯有那离别的情景让我至今难忘。

古诗文 唯有别时今不忘，暮烟秋雨过枫桥。

白话文 望着流动的江水，满心都是对你的思念。

古诗文 深知身在情长在，怅望江头江水声。

白话文 如今还可以找到年少时游玩过的地方，唯独找不回年少时的那份纯真友情。

古诗文 旧游无处不堪寻。无寻处，惟有少年心。

白话文 朋友之交应如作画，追求淡雅。

古诗文 友如作画须求淡，山似论文不喜平。

白话文 故人进入我的梦中，想必知晓我长久的思念。

古诗文 故人入我梦，明我长相忆。

白话文 两小无猜，天真烂漫。

古诗文 同居长干里，两小无嫌猜。

白话文 难以忘怀让我牵挂的友人。

古诗文 何因不归去？淮上有秋山。

白话文 忽然听到你的消息，只愿你一切平安。

古诗文 残灯无焰影幢幢，此夕闻君谪九江。

白话文 离别之后，切莫将这份相聚的快乐遗忘。

古诗文 今日乐相乐，别后莫相忘。

诗韵赏析

白话文 友人备好丰盛的饭菜，热情邀请我前往他家。

古诗文 故人具鸡黍，邀我至田家。

出　处 《过故人庄》

作　者 孟浩然

经典原文

故人具鸡黍，邀我至田家。
绿树村边合，青山郭外斜。
开轩面场圃，把酒话桑麻。
待到重阳日，还来就菊花。

诗词鉴赏

孟浩然的《过故人庄》描绘出温馨恬静的田园画卷，开篇“故人具鸡黍，邀我至田家”，像老友间随意亲切的邀约，没有华丽的辞藻，却满是真挚情谊，一下拉近了与读者的距离，让人体会到纯粹的友情。

“绿树村边合，青山郭外斜”，诗人细致描绘出村庄被绿树环抱、青山在城郭外静静斜卧的画面。清新淡雅的景色仿佛就在眼前，读者

好似能闻到乡间的泥土香，眼前是一片宁静优美的田园风光。

“开轩面场圃，把酒话桑麻”，打开轩窗，田园景致映入眼帘，宾主对坐饮酒，谈论农事。这闲适的场景不仅带来视觉享受，更能慰藉心灵，令人忘却尘世烦恼，沉醉在宁静与和谐之中。

最后“待到重阳日，还来就菊花”，孟浩然对田园生活的留恋尽显。他盼着与老友再相聚，一起赏菊品酒。

整首诗如同悠扬的小曲，旋律优美，余味悠长，展现出诗人对田园生活的喜爱，以及和友人的深厚情谊，值得反复品味。

白话文　十年光阴匆匆，而友情越发坚固。

古诗文　浮云一别后，流水十年间。

白话文　在这孤寂的环境中，唯有你前来与我相见。

古诗文　古路无行客，寒山独见君。

白话文　我对友人的思念似江水，永不停歇。

古诗文　忆君心似西江水，日夜东流无歇时。

白话文　若有友人相伴，那该多好哇。

古诗文　月既不解饮，影徒随我身。

白话文 与友人品茗闲谈，悠闲自在。

古诗文 清谈半窗月，澹坐一杯茶。

白话文 自从知心的你离去后，我满心都是空虚与失落。

古诗文 同心一人去，坐觉长安空。

白话文 在你遇到困难时，真正的朋友会毫不犹豫地伸出援手。

古诗文 投我以木瓜，报之以琼琚。

白话文 和新朋友一见如故，十分谈得来。

古诗文 与君初相识，犹如故人归。

白话文 即使相隔甚远，朋友之间的情谊也不会因为距离而变淡。

古诗文 海内存知己，天涯若比邻。

白话文 朋友能懂你所有的喜怒哀乐。

古诗文 身无彩凤双飞翼，心有灵犀一点通。

白话文 回忆和朋友一起度过的青春岁月，心中满是温暖和感动。

古诗文 正是江南好风景，落花时节又逢君。

白话文 对友人前程的宽慰，对其才华的赞许。

古诗文 莫愁前路无知己，天下谁人不识君？

白话文 真正的朋友，即便许久未联系，再次相逢时情谊依旧如初。

古诗文 欢笑情如旧，萧疏鬓已斑。

白话文 希望时间可以慢慢走，与朋友的友谊不受时间侵蚀。

古诗文 愿岁并谢，与长友兮。

白话文 朋友是人生路上最宝贵的财富，值得我们珍惜。

古诗文 人生贵相知，何必金与钱。

白话文 人生得一知己是一件值得庆幸的事。

古诗文 士为知己者死，女为悦己者容。

白话文 那些欢快的事已经成了往事，而我最思念我的朋友。

古诗文 琴诗酒伴皆抛我，雪月花时最忆君。

诗韵赏析

白话文 把对友人的思念寄托在红豆上。

古诗文 红豆生南国，春来发几枝。

出　处 《相思》

作　者 王维

经典原文

红豆生南国，春来发几枝。

愿君多采撷，此物最相思。

诗词鉴赏

王维的《相思》借红豆抒发了浓浓的相思情。诗里巧用红豆又名“相思子”的特点，把相思与红豆紧紧联系在一起。

首句“红豆生南国”，一下就点明了红豆生长的地方，给后面的抒情打好基础。接着“春来发几枝”，用质朴的提问让诗有了画面感。这一问轻轻拨动心弦，引发大家的情感共鸣，让人仿佛看到了春天红豆树枝繁叶茂的样子。

“愿君多采撷”，表面看是让友人多摘红豆，仔细琢磨，里面藏着深意，诗人盼着友人摘红豆时能想起自己和他们的情谊。最后“此物最相思”，直白说出红豆代表相思，一个“最”字把相思之情推到顶点，也让“多采撷”的原因一目了然，含蓄地道出诗人对友人深深的思念。

整首诗读起来十分流畅，情感藏在字里行间，语言简单易懂，情意深厚。听说当时这首诗被谱成曲传唱，在江南一带很流行，成了千古名作。

尽忠报国

▸▸ 场景分析：在新时代，尽忠报国精神焕发光彩

尽忠报国是对国家的忠诚热爱，它是超越时代的高尚情怀，代表无私奉献与坚定担当。比如科学家钻研先进的技术，为国家的科技进步而努力。在当下，同学们更要传承、弘扬尽忠报国的精神，让它在

新时代绽放出更耀眼的光芒。

从信息获取到古诗词：尽忠报国精神表达的跨越

我们可以通过多种渠道获取大量关于尽忠报国的故事，从而更全面地了解那些英雄的事迹。但这些渠道所呈现的内容往往是客观、理性的，而尽忠报国的精神所蕴含的情感是深沉而热烈的。古人虽没有现代多样的信息辅助，却能用诗词歌赋将这份对国家的忠诚和热爱表达得淋漓尽致。古诗词中那些关于尽忠报国的经典语句，历经千年依然能让我们感受到那份强烈的爱国情怀。接下来让我们一同走进用白话文与古诗文描述的尽忠报国的情怀，领略其中跨越时空的精神内涵。

白话文与古诗文：尽忠报国的今昔映照

在描述尽忠报国时，白话文和古诗文相互映衬，共同诠释了尽忠报国这一伟大精神的丰富内涵，让我们在古今的对照中，更加坚定地传承和弘扬这份宝贵的精神财富。

白话文 为国捐躯的将士都是熠熠生辉的英雄。

古诗文 身既死兮神以灵，魂魄毅兮为鬼雄。

白话文 即便是普通人，也时刻忧心国家之事。

古诗文 位卑未敢忘忧国，事定犹须待阖棺。

白话文 我甘愿将此身奉献给国家。

古诗文 愿得此身长报国，何须生入玉门关。

白话文 渴望成为一名英勇无畏的战士。

古诗文 宁为百夫长，胜作一书生。

白话文 盼望着能有英雄挺身而出，抵御外敌入侵。

古诗文 但使龙城飞将在，不教胡马度阴山。

白话文 不将敌人彻底打败，誓不返回家乡。

古诗文 黄沙百战穿金甲，不破楼兰终不还。

白话文 留一片爱国的丹心映照史册。

古诗文 人生自古谁无死？留取丹心照汗青。

白话文 国家利益至高无上，高于一切。

古诗文 苟利国家生死以，岂因祸福避趋之！

白话文 虽已年迈，心中却依然怀揣着报效国家的热忱。

古诗文 夜阑卧听风吹雨，铁马冰河入梦来。

白话文 满心期盼着国家能够实现统一。

古诗文 王师北定中原日，家祭无忘告乃翁。

白话文 国家的兴衰与我们每个人都紧密相连。

古诗文 天下兴亡，匹夫有责。

白话文 战士们为了国家英勇献身。

古诗文 只解沙场为国死，何须马革裹尸还。

白话文 自古以来，尽忠与尽孝难以兼顾。

古诗文 一寸丹心图报国，两行清泪为思亲。

白话文 宏伟的志向尚未实现。

古诗文 胡未灭，鬓先秋，泪空流。

白话文 爱国的精神永远闪耀。

古诗文 国亡身殒今何有，只留离骚在世间。

白话文 百姓们满心期待，渴望国家早日统一。

古诗文 遗民泪尽胡尘里，南望王师又一年。

白话文 为了国家甘愿奉献一切。

古诗文 欲为圣明除弊事，肯将衰朽惜残年？

白话文 即便身处困境，也始终心系国家。

古诗文 中夜四五叹，常为大国忧。

白话文 为了国家统一，我愿征战沙场。

古诗文 臣子恨，何时灭！驾长车，踏破贺兰山缺。

白话文 遗憾自己未能为国家贡献力量。

古诗文 去国十年老尽、少年心。

诗韵赏析

白话文 卖唱的歌女不知道亡国之恨，麻木而没有觉醒。

古诗文 商女不知亡国恨，隔江犹唱后庭花。

出　处 《泊秦淮》

作　者 杜牧

经典原文

烟笼寒水月笼沙，夜泊秦淮近酒家。

商女不知亡国恨，隔江犹唱后庭花。

诗词鉴赏

杜牧夜泊秦淮河，眼前的夜景触动了他。诗的前两句勾勒出秦淮河朦胧又迷人的夜景，水面波光与岸边灯火相辉映。

在后半部分，诗人笔锋一转，借陈后主因荒淫亡国的旧事讽刺当时那些醉生梦死、不吸取教训的统治者。这种借古讽今的写法，饱含了诗人对国家命运的担忧。

全诗把景与情融合，营造出悲凉深沉的氛围。诗人没有直白地表露情感，而是用凝练的语言、精巧的构思，让读者感受到他藏在诗中的忧虑。全诗用词精准，写景、抒情、叙事结合得巧妙，感染力十足，读来令人深思。

白话文　我热爱祖国的大好河山、自然美景。

古诗文　好水好山看不足，马蹄催趁月明归。

白话文　虽有报国的志向，却无处施展才华。

古诗文　报国无门空自怨，济时有策从谁吐。

白话文　心中满是对故国的深深怀念。

古诗文　无限伤心夕照中，故国凄凉，剩粉余红。

白话文　只要有贤能的臣子，国家便能安稳太平。

古诗文　素臣称有道，守在於四夷。

白话文 国家的兴衰与人民的命运紧紧相连。

古诗文 天相汉，民怀国。

白话文 对敌人满怀痛恨，一心渴望洗雪耻辱。

古诗文 万国奔腾，两宫幽陷，此恨何时雪。

白话文 战士们奋勇向前，毫不畏惧。

古诗文 旌蔽日兮敌若云，矢交坠兮士争先。

白话文 即便面临外敌侵扰，朝廷依旧稳固如山。

古诗文 北极朝廷终不改，西山寇盗莫相侵。

白话文 保卫国家的决心坚如磐石。

古诗文 胸中有誓深于海，肯使神州竟陆沉？

白话文 为了报效国家，不顾个人的生死安危。

古诗文 忘身辞凤阙，报国取龙庭。

白话文 对历史上的英雄满怀敬仰之情。

古诗文 形胜三分国，波流万世功。

白话文 即便辞官归乡，仍关心国家命运，坚守报国之志。

古诗文 浩荡离愁白日斜，吟鞭东指即天涯。

白话文 对那些有治国之能却未能大展身手的人，感到十分惋惜。

古诗文 平生端有活国计，百不一试薶九京。

白话文 满心渴望国家能够和平安宁。

古诗文 泽国江山入战图，生民何计乐樵苏。

白话文 心中萦绕着对故乡和国家的思念。

古诗文 梦绕边城月，心飞故国楼。

白话文 对忠诚之士的赞扬崇敬之情。

古诗文 时危见臣节，世乱识忠良。

白话文 拥有坚定的报国之志，面对死亡也无所畏惧。

古诗文 缟素酬家国，戈船决死生！

白话文 从小立志要报效国家，而非为了谋求官职。

古诗文 小来思报国，不是爱封侯。

白话文 处在安乐之中，也要时刻警惕危险。

古诗文 入则无法家拂士，出则无敌国外患者，国恒亡。

白话文 心中满是对国家的热爱之情，死亦不悔。

古诗文 生平未报国，留作忠魂补。

白话文 有着忧国忧民的高尚情怀。

古诗文 安得广厦千万间，大庇天下寒士俱欢颜！

白话文 拥有高尚的爱国情怀，无私奉献。

古诗文 先天下之忧而忧，后天下之乐而乐。

白话文 在国家危难之际，不惜生命、尽忠报国。

古诗文 投躯报明主，身死为国殇。

白话文 把国家的繁荣昌盛当作自己一生的追求。

古诗文 了却君王天下事，赢得生前身后名。

白话文 一心想着为国家开疆拓土，守护领土的完整。

古诗文 男儿何不带吴钩，收取关山五十州。

白话文 为国家鞠躬尽瘁，直到生命的最后一刻。

古诗文 鞠躬尽瘁，死而后已。

白话文 无惧死亡，为国家奉献一切。

古诗文 我自横刀向天笑，去留肝胆两昆仑。

白话文 时刻准备着为国家的荣誉而战。

古诗文 报君黄金台上意，提携玉龙为君死。

白话文 愿以自己的智慧和才能助力国家走向富强。

古诗文 致君尧舜上，再使风俗淳。

白话文 为了国家的独立和尊严，不惜与敌人进行殊死搏斗。

古诗文 壮志饥餐胡虏肉，笑谈渴饮匈奴血。

白话文 至死都心系国家的领土完整。

古诗文 死去元知万事空，但悲不见九州同。

白话文 以国家的发展进步为己任。

古诗文 长太息以掩涕兮，哀民生之多艰。

白话文 无论身处何种境地，都不会改变对国家的忠诚。

古诗文 臣心一片磁针石，不指南方不肯休。

白话文 忠诚国家是一种值得尊崇、能够流芳百世的高尚品德。

古诗文 忠为百世荣，义使令名彰。

诗韵赏析

白话文　拯救国家于危难之中，不惜牺牲自己的生命。

古诗文　捐躯赴国难，视死忽如归！

出　处　《白马篇》（节选）

作　者　曹植

经典原文

羽檄从北来，厉马登高堤。

长驱蹈匈奴，左顾凌鲜卑。

弃身锋刃端，性命安可怀？

父母且不顾，何言子与妻！

名编壮士籍，不得中顾私。

捐躯赴国难，视死忽如归！

诗词鉴赏

这首诗深情地描绘并歌颂了边疆地区一位武艺超群且满怀爱国热情的青年英雄，借以抒发作者内心炽热的报国之志。在这首诗中，那位英雄的形象不仅映射出诗人的影子，还汇聚并闪耀着那个时代的辉煌光芒，堪称曹植前期的经典之作，洋溢着浓厚的青春气息。

诗歌通过一系列曲折动人的情节，精心塑造了一个性格鲜明、感人至深的青年爱国英雄的形象。开篇即以凌厉而富有动感的笔触，勾勒出英雄策马疾驰奔向西北战场的画面，军情的紧迫感瞬间抓住了读者的心弦。

整首诗不仅情感真挚、意境深远，而且语言优美、构思精巧，将写景、叙事与抒情完美地融合在一起，让读者感受到那份浓烈的爱国情感和英雄主义精神。

高尚情操

场景分析：在现代社会，高尚情操不可或缺

高尚情操体现在生活的点滴之中，比如主动让座的善良、直面不公的正义、默默奉献的无私。冰冷的机器按程序运转，而拥有高尚情操的人能传递温暖。在医院里，先进的设备可以辅助诊断，医生则用

关爱耐心倾听患者的感受，给予安慰。在这个时代，我们要珍视并培养高尚的情操，让它与科技共同创造美好生活。

从校园故事到古诗词：高尚品格表达的跨越

刚刚的故事生动地展现出同学间互帮互助的高尚品格，这种情操闪耀着温暖的光芒，它让我们感受到人与人之间真挚的情谊。当我们把目光从身边的故事移开，投向历史的长河中，就会惊奇地发现，古人对于高尚品格的理解与追求丝毫不逊色于我们。他们用一首首流传千古的古诗词，将高尚情操展现得淋漓尽致。在古诗词里，有对理想的执着，有面对困境的不屈，有对正义的坚守。从现代科技充斥的生活场景跳跃到古人挥毫泼墨创作诗词的情境，看似跨度巨大，但其中对高尚品格的赞美与追求是紧密相连的。接下来就让我们一同深入探寻白话文与古诗文对高尚品格描述的奇妙对应，去领略那份始终熠熠生辉的精神魅力吧！

白话文与古诗文：高尚情操的今昔映照

在描述高尚情操时，白话文用直白的话语表达对高尚品质的称赞，古诗文则以凝练优美的文字展现出高尚情操的多样姿态，二者相互呼应。

白话文 说话要恪守信用，做事要果断，这是做人的准则和美德。

古诗文 言必信，行必果。

白话文 只有历经苦难磨砺，才能收获成功。

古诗文 不经一番寒彻骨，怎得梅花扑鼻香。

白话文 即使到了暮年，也应怀有壮志豪情。

古诗文 老骥伏枥，志在千里。

白话文 前方道路漫长，我会坚定信念，决不放弃。

古诗文 路漫漫其修远兮，吾将上下而求索。

白话文 做人要不惧牺牲，坚守高洁清白的志向。

古诗文 粉骨碎身浑不怕，要留清白在人间。

白话文 要不畏艰难，积极奋进、勇往直前。

古诗文 千淘万漉虽辛苦，吹尽狂沙始到金。

白话文 要不断努力进取。

古诗文 欲穷千里目，更上一层楼。

白话文　实践极为重要，要学以致用。

古诗文　纸上得来终觉浅，绝知此事要躬行。

白话文　站得高便能看得远，不畏艰难困苦。

古诗文　不畏浮云遮望眼，自缘身在最高层。

白话文　做事应当持之以恒，坚持不懈。

古诗文　锲而舍之，朽木不折；锲而不舍，金石可镂。

白话文　历经磨砺才有锋芒，吃苦付出才有成果。

古诗文　宝剑锋从磨砺出，梅花香自苦寒来。

白话文　人要有担当精神。

古诗文　穷则独善其身，达则兼济天下。

白话文　怀有不羡慕名利的高尚情怀。

古诗文　不义而富且贵，于我如浮云。

白话文 在艰难困境中更能彰显忠诚。

古诗文 疾风知劲草，板荡识诚臣。

白话文 决不向权贵低头，坚守自身气节。

古诗文 安能摧眉折腰事权贵。使我不得开心颜！

白话文 超脱世俗的纷扰，坚守内心的纯净。

古诗文 富贵非吾愿，帝乡不可期。

白话文 激励人们勇攀高峰，不断超越自我。

古诗文 海到无边天作岸，山登绝顶我为峰。

白话文 淡泊名利，宁静致远。

古诗文 非淡泊无以明志，非宁静无以致远。

白话文 廉洁奉公、刚直不阿的高尚情操。

古诗文 清心为治本，直道是身谋。

诗韵赏析

白话文 劝人年少时要勤奋读书。

古诗文 黑发不知勤学早，白首方悔读书迟。

出　处 《劝学》

作　者 颜真卿

经典原文

三更灯火五更鸡，正是男儿读书时。
黑发不知勤学早，白首方悔读书迟。

诗词鉴赏

《劝学》一诗以“劝”字为核心，寓意深远，如同明灯照亮前行的道路。这里的“劝”，是勉励，是激励，它呼唤着青春年少的你我珍惜那宝贵的时光，勤奋学习，不懈追求，以免将来空留遗憾，悔之晚矣。短短二十八字蕴含着人生的大智慧，激发每个人内心深处的斗志与渴望。

诗中“三更灯火五更鸡”如同一幅生动的画卷，展现出那些勤勉不息的身影。在寂静的深夜，灯光依旧明亮，那是勤奋学习的人在默默耕耘；而当五更鸡鸣、天边初露曙光时，他们早已起身，迎接新的挑战。这不仅描绘了时间的紧迫，更强调了学习要持之以恒。年少时，正是读书的黄金岁月，应当如饥似渴地汲取知识，不分昼夜，不负

韶华。

颜真卿，一位历经坎坷却矢志不渝的大家，他的这首诗不仅是对自己过往经历的深刻总结，更是对后人的殷切期望。在家道中落的困境中，他凭借母亲的严格教导与自身的坚韧不拔，成就了非凡的书法与文学造诣。这首诗是他的精神展现，激励着每一位学子珍惜时光，勤奋向上，书写属于自己的辉煌篇章。

白话文 表达对品德高尚之人的崇敬之情。

古诗文 高山仰止，景行行止。虽不能至，然心乡往之。

白话文 要有广阔的胸怀和担当。

古诗文 以家为家，以乡为乡，以国为国，以天下为天下。

白话文 在困境之中依旧保持傲然不屈的姿态。

古诗文 荷尽已无擎雨盖，菊残犹有傲霜枝。

白话文 真诚踏实地践行高尚品德。

古诗文 善不由外来兮，名不可以虚作。

白话文 拥有坚守自己理想与情操的决心。

古诗文 衣沾不足惜，但使愿无违。

白话文 即便年老穷困，也决不放弃自己的理想和高尚的志向。

古诗文 老当益壮，宁移白首之心？穷且益坚，不坠青云之志。

白话文 只愿留下清正之气，尽显自身品性的高洁。

古诗文 不要人夸颜色好，只留清气满乾坤。

白话文　不受外界污染，品行端正高雅。

古诗文　出淤泥而不染，濯清涟而不妖。

白话文　虽然渺小，却依然励志向上。

古诗文　苔花如米小，也学牡丹开。

白话文　不哗众取宠，秉持一种定力，以贞洁自守。

古诗文　我自不开花，免撩蜂与蝶。

白话文　面对利益诱惑，不为所动。

古诗文　富贵不能淫，贫贱不能移，威武不能屈。

白话文　自己不喜欢的事，不要强加在别人身上，体现一种推己及人的高尚品德。

古诗文　己所不欲，勿施于人。

白话文　面对挫折困境，能够始终保持乐观积极的心态。

古诗文　竹杖芒鞋轻胜马，谁怕？一蓑烟雨任平生。

白话文 在功成名就之后，仍能保持谦虚低调的作风。

古诗文 虚心竹有低头叶，傲骨梅无仰面花。

白话文 秉持公正公平的原则，对待任何事情都要一视同仁。

古诗文 治身莫先于孝，治国莫先于公。

白话文 坚守节操、矢志不渝的情怀。

古诗文 宁可枝头抱香死，何曾吹落北风中。

白话文 以宽容之心对待他人的过错，展现出善良与大度。

古诗文 自出洞来无敌手，得饶人处且饶人。

白话文 不为富贵所迷惑的高尚品质。

古诗文 富贵不淫贫贱乐，男儿到此是豪雄。

白话文 人应胸怀宽广，包容万物。

古诗文 海纳百川，有容乃大。

白话文 品德高尚的人自然会赢得人们的敬仰。

古诗文 桃李不言，下自成蹊。

白话文 为人纯洁，品质高尚。

古诗文 洛阳亲友如相问，一片冰心在玉壶。

白话文 君子心地光明磊落，小人才经常局促忧愁。

古诗文 君子坦荡荡，小人常戚戚。

白话文 愿意将自己的所学毫无保留地传授给他人，助力他人成长。

古诗文 春蚕到死丝方尽，蜡炬成灰泪始干。

白话文 帮助别人成就好事，展现了君子的善良和正直。

古诗文 君子成人之美，不成人之恶。

白话文 即便处于困境，也要坚守自己的初心。

古诗文 千磨万击还坚劲，任尔东西南北风。

白话文 即使处于困境、无人关注，依然坚守自我、保持高尚情操。

古诗文 墙角数枝梅，凌寒独自开。

白话文 不随波逐流、坚守自我的高尚品格。

古诗文 不是花中偏爱菊，此花开尽更无花。

白话文 以清幽贞洁的品格闻名，不追求功名富贵。

古诗文 千古幽贞是此花，不求闻达只烟霞。

白话文 具备坚定的信念和高尚的品德，无论身处何种环境都要保持自己的本性和价值观。

古诗文 气若兰兮长不改，心若兰兮终不移。